MOBILIER ARTISTIQUE

BRONZES D'ART

TABLEAUX MODERNES

Tentures

EXPOSITION PUBLIQUE

LE DIMANCHE 17 JANVIER 1892

Me P. CHEVALLIER	**M. CH. MANNHEIM**
COMMISSAIRE-PRISEUR	EXPERT
10, rue de la Grange-Batelière, 10	7, rue Saint-Georges, 7

510 + 560.
96 + 128
125 + 40
910 + 108
1000 + 230.
244 + 330
_____ 1000
2396

CATALOGUE

DU

MOBILIER ARTISTIQUE

Bronzes d'art de Barbedienne et autres

BRONZES D'AMEUBLEMENT

MEUBLES DE STYLE

Piano, Sièges, Tentures

TABLEAUX MODERNES

SCULPTURES

Objets de vitrine

DONT LA VENTE AURA LIEU

HOTEL DROUOT, SALLE N° 8

Le Lundi 18 Janvier 1892

A DEUX HEURES

Mᵉ PAUL CHEVALLIER	**M. CHARLES MANNHEIM**
COMMISSAIRE-PRISEUR	EXPERT
10, rue de la Grange-Batelière, 10	7, rue Saint-Georges, 7

EXPOSITION PUBLIQUE

Le Dimanche 17 Janvier 1892, de 1 heure à 5 heures 1/2

CONDITIONS DE LA VENTE

Elle sera faite au comptant.

Les Acquéreurs paieront *cinq pour cent* en sus du prix d'adjudication, applicables aux frais.

L'exposition mettant le public à même de se rendre compte de l'état des objets, aucune réclamation ne sera admise une fois l'adjudication prononcée.

Paris. — Imp. de l'Art, E. Ménard et Cie, 41, rue de la Victoire

DÉSIGNATION DES OBJETS

TABLEAUX ET AQUARELLES

1 — **Barron** (**Manuel**), 1850. *Vue de Séville.*

2 — **Barron.** *Grand paysage avec figures et animaux sur les bords d'un torrent.*

3 — **Bligny** (**A.**). *Le Galant Militaire.*

4 — **Bligny** (**A.**). *Soldat chez la modiste.*

5 — **Chanet** (**H.**). *Tête de jeune fille.*

6-7 — **Diart.** *Bouquets de fleurs.*

8 — **Dubourg** (**A.**). *Vache dans un pré.*

9 — **Dubourg** (**A.**). *Femme de pêcheur.*

10 — **Dubourg** (**A.**). *Le Petit Berger.*

11 — **Dubourg** (**A.**). *Retour de pêche.*

12 — **Dubourg** (**A.**). *Bateaux de pêche.*

13 — **Dubourg** (**A.**). *Paysage de Normandie.*

14 — **Dubourg** (**A.**). *Troupeau de moutons.*

15 — **Dubourg** (**A.**). *Pêcheurs de moules.*

16 — **Dubourg** (**A.**) *Pêcheuse de moules.*

17 — **École belge.** *La Jeune Mère à la promenade.*

18 à 21 — **Febvre.** *Études de fruits.*

22 — **Gervex (H.).** *Marin.*

23 — **Got (L.).** *Sous bois.*

24 — **Grolleron (P.).** *Mobiles en grand'garde; temps de neige.*

25 — **Guilleminet.** *Poulaillers.* Deux pendants.

26 — **Jacomin, 1877.** *Portrait de jeune femme.*

27 — **Le Dru (A.).** *Goélette.*

28 — **Le Dru (A.).** *La Halte du fantassin.*

29 — **Le Dru (A.), 1877.** *Soldat de la ligne.*

30 — **Le Dru (A.).** *Combat dans la tranchée.*

31 — **Malba.** *Bergerie.*

32 — **Maray (A.).** *Paysage; clair de lune.*

33 — **Massoni (E.), 1883.** *Vue de Murano.*

34 — **Meertz (Franz).** *Le Vieux Savant.*

35 — **Milani.** *Paysage maritime.*

36 — **Nanteuil (C.).** *Le Braconnier.*

37 — **Pavy (Ph.), 1889.** *Promenade dans les champs.*

38 — **Penet (L.).** *Marine.*

39 — **Pils.** *Arabe.* Aquarelle.

40 — **Richter (E.), 1879.** *Odalisque.*

41 — **Richter (E.), 1878.** *Femme turque.*

42 — **Rozier** (**A.**). *Venise au soleil couchant.*

43 — **Rozier** (**A.**). *Vue de Venise.*

44 — **Rozier** (**J.**). *Pâturage.*

45 — **Salvator Rosa** (École de). *Une Bataille de l'antiquité.*

46 — **Toeschi** (**G.**). *Le Marchand de curiosités.*

47 — **Toeschi** (**G.**). *Incroyables.*

48 — **Trouillebert.** *Bouquet d'arbres au bord de l'eau.*

GRAVURES

49 — **Richomme.** Deux pièces : *Henri IV et ses enfants ; la Mort de Léonard de Vinci.*

50-51 — Gravures et photographies encadrées.

52 — Tableaux de calligraphes.

BRONZES D'ART

53 — Grand et beau groupe de trois figures en bronze : Enlèvement ; base à perles en bronze doré.

54 — Statuette : Arlequin, de Saint-Marceau. **Bronze de Barbedienne**; patine claire.

55 — Statuette : Esmeralda, de **Clésinger**. **Bronze de Barbedienne.**

56 — Statuette en bronze par *Moreau jeune* : *Alerta*.

57 — Statuette en bronze par *Ferville-Suan* : la Frayeur.

58 — Deux petits groupes de deux amours en bronze oxydé, par *Auguste Moreau* : la Paix et la Guerre.

59 — Deux statuettes en bronze oxydé, par *R. Lagneau* : personnages en costume Renaissance.

60 — Deux autres statuettes; l'une d'elles signée : *Brisson*.

61 — Groupe de deux lutteurs en bronze, patine brune.

62 — Deux statuettes en bronze : Henri IV et Marie de Médicis.

63 — Statuette en bronze : Vénus pudique, dite de Médicis.

64 — Statuette en bronze : le Tireur d'épine. De Barbedienne.

65 — Statuette : le Chanteur florentin, de Paul Dubois. Bronze de Barbedienne.

66 — Statuette de David, de A. Mercié. Bronze de Barbedienne.

67 — Groupe en bronze : Milon de Crotone. Patine brune.

68 — Deux statuettes d'après l'antique en bronze, patine brune : Vénus accroupie et le Rémouleur.

69 — Petit buste en bronze oxydé : Bussy-Rabutin, d'après Bletzer.

70 — Figurine d'après l'antique : le Gladiateur mourant. Bronze de Barbedienne.

71 — Statuette en bronze : Vénus Callipyge.

72 — Deux statuettes en bronze doré en partie et marbre, par Picault : Égyptiens debout.

73 — Groupe en bronze : Chat et Lévrier.

74 — Deux vide-poches en bronze : Marquis et Marquise tenant chacun une ombrelle.

75 — Groupe en bronze d'après Clodion : Nymphe, Satyre et Enfant.

76 — Chien en arrêt. Petit bronze, par Mène.

77 — Chat assis. Petit bronze, par E. Frémiet.

78 — Petit buste de Napoléon Ier. Bronze noir sur socle en marbre et bronze doré.

79 — La Vénus de Canova. Statuette.

80 — Le Vainqueur du Derby. Bronze de Mène, 1863.

81 — L'Ivresse de la Bacchante. Statuette.

82 — Le Gladiateur. Statuette d'après l'antique.

83 — Coffret oblong en bois de noyer, décoré au pourtour de bas-reliefs représentant des naïades, et sur le couvercle d'un groupe : Léda et le cygne ; le tout en cuivre oxydé et signé : *Fannière frères.*

84 — Deux candélabres en bronze, à six lumières et tige longue surmontée d'un héron.

85 — Deux jardinières en bronze japonais, à décor de dragons, tortues, etc.

86-87 — Quatre vases en bronze japonais.

BRONZES D'AMEUBLEMENT

88 — Lustre à douze lumières, formé de branches de fleurs en cuivre et cristal.

89 — Garniture de cheminée de style Louis XVI, en bronze doré : pendule surmontée d'un trophée et candélabres à six lumières.

90 — Galerie de foyer en bronze, à feuilles et ornements rocaille.

91 — Lustre de style Louis XVI, en bronze verni, à vingt-quatre lumières.

92 — Garniture de cheminée de style Louis XVI, en marbre griotte et bronze doré. La pendule est surmontée d'une statuette de Mignon, d'Auguste Moreau, en marbre blanc ; les candélabres, à trois pieds, sont à sept lumières.

93 — Deux flambeaux de style Louis XVI, en cuivre doré.

94 — Deux chenets de style Louis XVI, en bronze verni, enrichis de figurines en bronze.

95 — Pare-étincelles en forme d'écran, en cuivre verni.

96 — Deux lampes montées dans des carafes en faïence, émaillées rouge haricot, garnies de bronze.

97 — Garniture de cheminée en porcelaine bleu turquoise et médaillons garnis de bronzes. Elle se compose d'une pendule forme vase, de deux candélabres et deux petits vases.

98 — Pendule-borne en marbre noir, avec mouvement de Raty, boulevard des Italiens.

99 — Pendule en marbre noir et vert de mer. Mouvement de Giteau.

OBJETS VARIÉS

100 — MARBRE BLANC: Deux petits bustes de femmes. Signés : *C. Ceribelli, Paris.*

101 — Deux flambeaux, formés chacun d'un oiseau, en émail cloisonné de la Chine. Monté en cuivre.

102 — Statuette japonaise en bronze, s'appuyant sur une boule qui forme boîte.

103 — Deux petits vases japonais en bronze, à fleurs en relief dorées en partie.

104 — Statuette d'homme debout, en ivoire. Travail japonais.

105 — Brûle-parfums en cuivre doré, émaillé en partie.

106 — Deux lampes, montées dans des vases, en émail cloisonné de la Chine, à fleurs sur fond bleu et garnies de bronzes. Sur piédestaux en bois noir.

107 — Deux vases en forme de balustre, en porcelaine craquelée de la Chine, à figures émaillées.

108 — Trois vidrecomes en faïence hollandaise. Avec montures en étain.

109 — Deux plats à fleurs. Delft polychrome.

110 à 112 — Plats et assiettes. Strasbourg, Moulins, etc.

113 à 121 — Divers objets de vitrine, en porcelaine, en argent, en cristal et en bronze.

122 — Peinture sur porcelaine : Bouquet de roses.

123 — Assiette en Chine, montée en bronze.

124 — Presse-papier en maroquin, avec oiseau en cuivre oxydé, formant boîte.

125 — Deux grands plateaux en plaqué, à deux anses.

MEUBLES ET TENTURES

126 — Vitrine de style Louis XV, en bois satiné, garnie de bronzes ciselés et dorés et enrichie de trois panneaux décorés au vernis, genre Martin. Dessus de marbre brèche.

127 — Bonheur du jour, formant vitrine en bois d'acajou, garni de bronzes ciselés et dorés et enrichi d'un panneau décoré au vernis, genre Martin. Scène champêtre.

128 — Guéridon rond, à quatre pieds, de style Louis XVI, en bois d'acajou, garni de bronzes et à dessus de marbre.

129 — Guéridon rond, à trois pieds, de style Louis XVI, en marqueterie de bois à quadrillages et garni de bronzes ciselés et dorés.

130 — Deux consoles cintrées, de style Louis XVI, en bois sculpté et doré et à dessus de marbre blanc.

131 — Meuble de salon, composé d'un divan de milieu, de forme ovale, d'un canapé, quatre fauteuils et quatre chaises, couverts de soie, forme capitonnée, gainée de peluche ponceau.

132 — Trois garnitures de croisées en étoffe pareille aux sièges qui précèdent.

133 — Quatre chaises légères en bois doré, couvertes d'étoffes variées.

134 — Meuble de salle à manger en bois de noyer et moulures noires. Il se compose d'une table ovale à allonges, d'un grand buffet vitré dans le haut, un buffet-étagère, deux petits meubles, douze chaises couvertes de velours vert frappé et deux fauteuils couverts de même. Ce lot pourra être divisé.

135 — Quatre rideaux et deux lambrequins en velours vert frappé.

136 — Tapis de table en velours vert frappé à fleurs.

137 — Enveloppe de cheminée, composée d'une tablette et de deux rideaux en velours vert frappé.

138 — Petit canapé, deux fauteuils et deux chaises gondoles, couverts d'étoffe de laine, brochée à fleurs, sur fond jaunâtre.

139 — Quatre rideaux de croisées et quatre portières avec lambrequins, de même étoffe que celle du meuble qui précède, avec bandes de peluche vert olive.

140 — Guéridon ou table de salon en marqueterie de cuivre et écaille rouge, garni de bronzes.

141 — Petit meuble à hauteur d'appui, en bois noir, incrusté de filets de cuivre et garni de bronzes ; à dessus de marbre blanc.

142 — Piano droit, à sept octaves, de Jules Rinaldi ; avec caisse en bois noir, incrusté de filets de cuivre.

143 — Deux meubles à hauteur d'appui en bois noir, enrichi d'incrustations et à dessus de marbre blanc.

144 — Table en acajou, à moulures de cuivre. Style Louis XVI.

145 — Meuble de chambre, composé d'un lit, d'une armoire à glace, d'un chiffonnier et d'une table de nuit, le tout en marqueterie, genre Boulle.

146 — Secrétaire, style Louis XVI, en bois d'acajou, et moulures de cuivre poli.

147 — Miroir à biseau, avec encadrement fait de glaces garnies d'appliques et de moulures dorées.

148 — Grand porte-manteau en bois sculpté, et patères en cuivre oxydé, avec glace biseautée cintrée.

149 — Quatre chaises, style Louis XIII, en bois sculpté.

150 — Table en bois de chêne sculpté sur pieds tournés.

151 — Deux escabeaux en bois sculpté.

9 782329 368832